Iris Kaufmann

Wiesenblumen Sinfonie

Iris Kaufmann

Wiesenblumen Sinfonie

Kurzgeschichten für Senioren

Verlag & Druck: tredition GmbH

Bibliografische Information der Deutschen Nationalbibliothek:
Die Deutsche Nationalbibliothek verzeichnet diese Publikation in der Deutschen Nationalbibliografie; detaillierte bibliografische
Daten sind im Internet über http://dnb.d-nb.de abrufbar.

2021
Verlag & Druck: tredition GmbH
Autor: Iris Kaufmann, Pegau
Umschlaggestaltung: Iris Kaufmann

Verlag & Druck: tredition GmbH, Halenreie 40-44, 22359 Hamburg

ISBN: 978-3-347-39206-9

Inhalt

Alltagsgeschichten

Bewegungsgeschichte

Sprichwortgeschichten

Duftgeschichten

Reimgeschichten

Wintergeschichten

Vorwort

Ich freue mich sehr darüber, mit diesem Buch meine Reihe von Kurzgeschichten für Senioren fortzusetzen. Auch diesmal stehen wieder Episoden aus dem Leben älterer Menschen im Mittelpunkt. Ob nun als stolze Großeltern oder einsamer Opa.

Oft erinnern sich die handelnden Personen an die eigene Kindheit zurück.

Auch das Leben als älteres Ehepaar wird näher beleuchtet. Jeder hat seine kleinen oder großen Sorgen und Probleme.

Manchmal hilft das Schicksal ein wenig nach und am Ende wird Alles gut.

In diesem Buch finden Sie eine vielfältige Geschichtensammlung, die teilweise die Senioren auch dazu animiert, selbst aktiv zu werden.

Iris Kaufmann

Alltagsgeschichten

Alles Gute kommt von oben

Es ist noch früh, an diesem Freitagmorgen und trotzdem schon herrlich angenehm draußen.
Wie jeden Tag um diese Zeit, macht Oma Paula ihren kleinen Rundgang durch den Garten.
In der rechten Hand hält sie eine Tasse Kaffee, schön stark zum munter werden.
Nachts hat es geregnet. Nach der langen Trockenperiode eine Wohltat für die Pflanzen.
Es sieht alles so frisch aus. Ihre „dunkeläugige Susanne", die in diesem Jahr an der Hauswand hochklettert, ist ein beachtliches Stück gewachsen und die Rosen stehen gerade in voller Blüte.
Nun schaut sie zu ihren Gurken- und Tomatenpflanzen. Voller Freude stellt sie fest, dass bereits kleine Gurken zu sehen sind. Auch die Tomaten haben sich prächtig entwickelt.
Zufrieden setzt sie sich auf die grüne Gartenbank und beobachtet ihre Katze Luise, die gerade ganz konzentriert auf einen Baum schaut.
Irgend etwas muss da sein. Paulas

Blick geht nun ebenfalls nach oben. Sie setzt ihre Brille auf und erkennt in der Baumkrone mehrere Vögel.

Sicher ein Nest, denn es geht dort recht laut zu. Plötzlich klingelt das Telefon. Ihre Enkelin ruft an und teilt Paula mit, dass sie morgen mit ihrer Familie zum Kaffee vorbei kommen möchte. So eine tolle Überraschung, freut sich Oma Paula, die nur selten Besuch bekommt. Lediglich Gisela, ihre Nachbarin kommt hin und wieder zum Plausch vorbei. So wie auch heute wieder.

Um 14.00 Uhr sind die beiden verabredet.

Aber jetzt macht sich Paula erst einmal ein richtiges Frühstück und setzt sich in ihre Rosenecke im Garten. Die zwei alten Stühle und der Tisch sind schon etwas angerostet, aber das macht den Platz besonders schön, findet Paula. Sie schmiert sich eine Scheibe Brot mit Butter und ihrer selbst gemachten Erdbeermarmelade. Und natürlich gießt sie sich noch einmal Kaffee nach.

Dabei blättert sie in einer bunten Frauenzeitschrift und findet darin ein leckeres Kuchenrezept, dass sie gleich am Wochenende ausprobieren möchte.

Nachdem Paula ihre Hausarbeit erledigt hat, macht sie sich ein Süppchen warm, dass noch von gestern übrig war und legt sich noch ein Stündchen auf´s Ohr.

Punkt 14.00 Uhr klingelt es an der Tür. „Keiner ist pünktlicher als du", scherzt Paula jedes Mal, wenn Gisela vor der Tür steht. Die beiden Frauen machen es sich auf der Hollywoodschaukel bequem und erzählen sich das Neueste. Glücklich berichtet Paula, dass ihre Enkelin mit der Familie morgen zu Besuch kommt. „Ich habe ein neues Kuchenrezept", kommt Paula ins Schwärmen und holt sogleich die Zeitschrift hervor. Ungeduldig sucht sie ihre Brille. „Wo hab ich die nur wieder hin gelegt?", fragt sie sich. Sie geht in die Küche, ins Bad, ins Wohnzimmer. Aber die Brille bleibt verschwunden. „Das letzte Mal hatte ich sie auf, als ich zum Frühstück die Zeitschrift gelesen habe", erinnert sie sich. „Und dann?", wollte Gisela wissen. „Danach habe ich die Wohnung geputzt", meinte Paula. Während beide schweigsam nebeneinander sitzen, landet plötzlich etwas mitten im Lavendelbusch. Was ist denn das? Oma Paula traut ihren Augen nicht und auch Gisela guckt etwas irritiert. Dann hören sie wieder das Rascheln oben in der Baumkrone. Oma Paula geht ein Licht auf. „Alles Gute kommt von oben", lacht sie. „Auch wenn es nur meine Brille ist." Gisela versteht nur Bahnhof. „Ich erkläre dir später die Geschichte", sagt Paula. „Jetzt muss ich dir unbedingt das Kuchenrezept zeigen", drängelt sie.

1. **Wissen Sie wo die Brille war?**
2. **Wie beginnt für Oma Paula jeder Morgen?**
3. **Wie heißt die Nachbarin von Paula und um wie viel Uhr treffen Sie sich?**

Auch der Herbst hat schöne Tage

Wieder einmal ist der Sommer vorüber, stellte ich etwas trübsinnig fest.
Dabei liebe ich diese Zeit, diesen Duft nach Frühherbst.
In der Mittagssonne war es noch ziemlich warm, aber am späten Nachmittag konnte man schon das Jäckchen gebrauchen.
In Gedanken versunken schlenderte ich mit meiner Tochter Claudia und meinem fünfjährigen Enkel Florian durch die Altstadt.

Es war Sonntag und dennoch trafen wir viele Leute unterwegs. Familien, Liebespaare, Jugendliche oder Mutter und Tochter, so wie wir. Seit der Scheidung meiner Tochter, unternahmen wir drei wieder viel gemeinsam. Ob Urlaub, Stadtfest oder Einkaufsbummel, Oma war immer mit von der Partie.

Da ich selbst seit Jahren alleine lebte, war das für mich eine schöne Abwechslung. Obwohl ich mir natürlich sehr wünschte, dass Claudia wieder einen Mann an ihrer Seite hatte und Florian einen Papa.

Unser Spaziergang führte uns durch ein kleines Wäldchen, wo schon die ersten verfärbten Blätter auf dem Boden lagen. Wir kamen an einen Spielplatz und Florian sauste schon voraus.

Es wehte ein angenehmes Lüftchen und die Sonne hatte immer noch viel Kraft.

Claudia und ich setzten uns auf eine Bank und genossen die letzten Sonnenstrahlen. Ab und zu rief Florian: „Oma, guck mal was ich kann". Und mir wurde himmelangst bei seinen „Kunststücken".

Nach einer Weile hatte Florian genug vom Spielen und wir drei entschlossen uns, am Ende des Nachmittags noch im Eiscafe´ einzukehren. Claudia bestellte sich einen

Eisbecher mit Eierlikör und Sahne, mein Enkel bekam einen Pirateneisbecher und ich? Mir reichte ein Milchkaffee mit Zucker. Als Florian sein Eis aufgegessen hatte, räumte er seine Hosentaschen aus und es kamen allerhand Sachen zum Vorschein, die er auf dem Spaziergang gesammelt hatte. Nicht nur Kastanien und Eicheln, sondern auch Nüsse und leere Schneckenhäuser. Zum Glück hatte er die glitschigen Nacktschnecken liegen lassen. Nachdem ich die Rechnung bezahlt hatte, traten wir den Heimweg an. Dabei kamen wir an einer Gartenanlage vorbei. Die Hobbygärtner nutzten heute noch einmal das tolle Wetter. Sie fegten das Laub zusammen, pflanzten Blumenzwiebeln, machten den Teich winterfest oder lasen Fallobst auf. Andere Gartenbesitzer bepflanzten die Blumenkübel herbstlich mit Heidekraut in verschiedenen Farben. Und wieder andere, saßen auf der Terrasse und ließen bei einem Bierchen oder einem Glas Wein den Sonntag ausklingen.

Nun hatten wir das Haus meiner Tochter erreicht. Wir verabschiedeten uns, ich bog in die Schustergasse ein und war schließlich auch zu Hause.

Glücklich und entspannt setzte ich mich noch ein bisschen in den Garten.

Es war noch immer warm und ich dachte mir: „Auch der Herbst hat schöne Tage", oder anders gesagt: „Auch wenn man schon etwas älter ist, hat das Leben noch Schönes zu bieten."

1. Was bestellte sich die Erzählerin im Eiscafe´?
2. Was hatte Enkel Florian unterwegs alles gesammelt?
3. Was machten die Gartenbesitzer an diesem schönen Tag?

Cordula die Gans

Hans und Waltraud Steinhauer bewirtschaften schon seit Jahren einen kleinen Bauernhof mit allerhand Viecherei.
Sie haben Schweine, Hühner, Kaninchen, den Kater Romeo und seit drei Jahren gehört auch Cordula zur Familie.
Cordula ist eine Gans, schneeweiß, von prächtiger Statur mit einer großen Klappe.

Das sie bisher noch nicht in der Pfanne gelandet ist, verdankt sie ihrer tierlieben Familie, die es einfach nicht übers Herz gebracht hatte, Cordula zu schlachten.

Irgendwann im Frühjahr, hatte Hans eine junge Gans auf dem Geflügelmarkt bei der Tombola gewonnen.

Er war so stolz über den Hauptgewinn!

Nur, wie brachte er das Tier nach Hause? Kurzentschlossen nahm er das Federvieh unter den Arm und ging den einen Kilometer zu Fuß. Die Gans, die sich zuerst mit lautem Zischen und Schnattern wehrte, war auf einmal ganz ruhig. So ging Hans mit seiner Gans die Dorfstraße entlang und fühlte sich wie „Hans im Glück". Als sie zu Hause ankamen, wurde das Tier wieder lebhafter und schlug mit den Flügeln, sodass sogar der Kater sofort das Weite suchte.

Waltraud versorgte die verstörte Gans gleich mit Mais, geraspelten Möhren und Weißkohl. Sie brachte ihr auch Wasser.

An diesem Tag waren gerade die zwei Enkel bei Oma und Opa zu Besuch.

Zuerst waren sie ein wenig ängstlich, aber dann wurden sie immer mutiger. Sie freuten sich, wie es sich das neue Familienmitglied schmecken lies.

Die Zwillinge Tim und Tom sind richtige Rabauken und ihre Eltern sind immer ganz froh, wenn die sechsjährigen mal am Wochenende bei den Großeltern übernachten. Hier können sie sich mal richtig austoben.

„Wir nennen die Gans Cordula, so wie unsere Lehrerin heißt", feixte Tom und zeigte frech seine Zahnlücke. Ausnahmsweise war Tim mal mit seinem Bruder einer Meinung.

Die beiden sahen sich zum Verwechseln ähnlich, sogar Oma und Opa hatten da so ihre Schwierigkeiten.

Während sich das Ehepaar über den zukünftigen Weihnachtsbraten freute, sahen die Jungs Cordula eher als Spielgefährtin.

Sie gewöhnte sich prima bei den Steinhauers ein. Nur sehr selten war sie in ihrem Stall. Meist watschelte sie durch das Haus. Der dicke Kater Romeo war schon etwas eifersüchtig. Aber sonst verstanden sich die beiden recht gut. Wenn Waltraud mit ihrer Freundin Annerose sonntags zur Kirche ging, watschelte Cordula nebenher, gefolgt von Romeo. Das war ein Bild!

Hans musste die zwei Begleiter dann immer wieder nach Hause holen.

Je näher das Jahresende heran rückte, umso unbehaglicher wurde es Waltraud.

Einmal unterhielt sie sich mit ihrer Nachbarin über das Weihnachtsessen. „Bei uns gibt es in diesem Jahr Gänsebraten, Rotkohl und Klöße", schwärmte Frau Müller. Noch bevor Waltraud etwas sagen konnte, stand Cordula neben ihr und schielte sie mit ernstem Blick an.

In diesem Moment kamen die Zwillinge angerannt und wollten mit ihrer Gans spielen. Tom hielt einen Regenwurm in der Hand und Cordula schnappte zu.

Nun wurde es winterlich. In der Nacht hatte es endlich geschneit.

Familie Steinhauer hatte es sich im Wohnzimmer vorm Kamin gemütlich gemacht, knabberte Kekse und trank Glühwein.

Währenddessen wurde im Fernsehen erklärt, wie man eine Weihnachtsgans mit Äpfeln füllt. Plötzlich ein lautes Schnattern im Wohnzimmer. Cordula regte sich mächtig auf.

Waltraud und Hans sahen sich an und dachten wohl in diesem Moment dasselbe.

Damit war Cordulas Schicksal besiegelt.

Sie feierte mit ihrer Familie das Fest der Liebe. Und noch viele weitere Weihnachten werden folgen. Den Kochtopf braucht die Gans nun nicht mehr zu fürchten.

1. Wie kam die Familie zu der Gans?
2. Nach wem benannten die Zwillinge die Gans?
3. Was bekam Cordula bei ihrer Familie als Erstes zu fressen?

Der Schatz auf dem Dachboden

Der Tod meiner Mutter kam völlig überraschend für meine drei Geschwister und mich.
Erst kürzlich hatten wir noch ihren 88. Geburtstag gefeiert und Mutter war rüstig wie nie.
Sie hatte einen kleinen Blumengarten am Haus, mit einem großen Rosentor, ihr ganzer Stolz.
Nun war sie nicht mehr da.
Nach dem ersten Schock wurde uns bewusst, was nun alles auf uns zukommen würde.
Die Wohnung musste leer geräumt und aufgelöst werden.
Meine Geschwister wohnten alle weit entfernt und mein älterer Bruder saß im Rollstuhl,
sodass die meiste Arbeit wohl an meinem Mann und mir hängen bleiben würde.

Allerdings mussten wir uns auch um die Beerdigung kümmern.

Völlig überfordert von der Situation, saß ich auf der alten Gartenbank. Die Rosen standen gerade in voller Blüte. Rote und Weiße, welch eine Pracht!

Mein Mann Erwin setzte sich zu mir und nahm mich in den Arm. Ich konnte meine Tränen nicht zurück halten.

Nach einer Weile meinte er: „Komm, ich mache uns eine Tasse Tee, und dann schauen wir uns einmal um." Nachdem ich mich etwas gefangen hatte, gingen wir gemeinsam auf den Dachboden.

Ich war schon Jahrzehnte nicht mehr da oben. Im Winter oder an Regentagen, wurde die Wäsche hier getrocknet. Ansonsten diente der Dachboden zur Aufbewahrung von Dingen, die nicht mehr gebraucht wurden, aber zum Wegwerfen zu schade waren.

Ich schaute mich um. An der Seite hingen meine alten Schlittschuhe an einem Nagel. Sie waren schon etwas rostig und nicht mehr zu gebrauchen, aber aus irgend einem Grund hatte Mutter sie aufbewahrt. Wir fanden auch

Bücher, vergilbte Fotoalben, eine Kiste mit Faschingskostümen, ein altes Kinderbett und jede Menge Fähnchen und Girlanden. Mutter schmückte gern das ganze Haus, wenn eine Familienfeier anstand.

Aus einer Kiste oben im Regal, ragte ein Arm von einer Puppe. Neugierig angelte ich den Pappkarton herunter. Er war schon sehr morsch und ich musste sehr vorsichtig sein. Der Blick hinein, brachte meine Augen zum Leuchten.

Meine Gedanken gingen zurück.

Es muss wohl Mitte der fünfziger Jahre gewesen sein, als ich zu Weihnachten diese Puppe geschenkt bekam. Eine Schildkröt Puppe aus Celluloid. Es war ein kleiner Puppenjunge mit perlmuttblonden aufgemalten Haaren. Er hatte rote Pausbäckchen und tiefblaue Glasaugen.

Zwischen dem leicht geöffneten Mund, schimmerten zwei kleine weiße Zähnchen hervor. Er sah herzallerliebst aus.

Mit der Puppe hatte schon meine Mutter als Kind gespielt, aber sie war noch wie neu.

Allerdings hatte der Weihnachtsmann dafür gesorgt, dass Hans, so hieß mein Puppenkind neue Kleidung bekam. Er trug jetzt einen blauen Strickanzug mit weißen Kragen sowie eine dunkelblaue Bommelmütze.

Ich war damals ungefähr sechs Jahre alt und eine richtige Puppentante. Meine Freundinnen beneideten mich alle, wenn wir sonntags mit unseren Puppenwagen im Dorf spazieren gingen. Ich war die Einzige, mit einem Puppenjungen. Später spielte dann auch meine jüngere Schwester noch mit der Puppe und so kam es, dass sie nun doch einige Gebrauchtspuren aufwies.

Plötzlich hatten die anderen alten Sachen auf dem Dachboden für mich keinen Wert mehr. Ich hatte nichts eiliger zu tun, als den Staub von der Puppe zu entfernen und ihre Sachen zu waschen.

Sie bekam ihren Platz auf der Kommode. Es war ein Andenken an meine Mutter, ein Stück Kindheit von mir und außerdem war sie auf Grund ihres hohen Alters ein begehrtes Sammlerstück.

1. **Worauf war die Mutter in ihrem Garten besonders stolz?**
2. **Was lag alles auf dem Dachboden?**
3. **Wie wird die Puppe beschrieben?**

Die alte Apotheke

Der Geburtstag meiner Mutter, trieb mich wieder in meine alte Heimat, die ich als sehr junge Frau einst verlassen hatte.

Obwohl wir damals einen großen Bauernhof bewohnten und ich als Kind hier gemeinsam mit meiner Schwester Heidi herrliche Kindheitstage verbrachte, zog es mich in die Großstadt.

Statt Pferdewagen- Straßenbahnen. Statt Eigenheime- Hochhäuser.

Ich hatte das langweilige, eintönige Dasein auf dem Lande mit dem schillernden, aufregenden Leben in der Großstadt ausgetauscht.

Nach dem Studium arbeitete ich als Rechtsanwältin und lernte so auch meinen Mann kennen.

Er war ein Klient von mir, der mich damals zu einer Beratung zwecks einer Rechtsangelegenheit aufsuchte.

Zu dieser Zeit wusste ich noch nicht, dass Gottlieb, so hieß er, auf Grund seiner kriminellen Machenschaften noch öfter rechtlichen Beistand suchte.

Zunächst war ich blind vor Liebe und sah Alles durch die rosa-rote Brille. Als ich ihn durchschaut hatte, war ich bereits vier Jahre verheiratet.

Ich ließ mich scheiden und lebte seitdem allein.

Hin und wieder telefonierte ich mit meinen Eltern und mit meiner Schwester, die noch ganz in der Nähe unseres Elternhauses lebte.

Gedankenverloren schlenderte ich durch die alten Straßen. Viel hatte sich hier in den letzten vierzig Jahren nicht verändert. Das alte Kopfsteinpflaster, die engen Gassen
gesäumt von den alten Straßenlaternen. Plötzlich war ich um Jahrzehnte zurück versetzt und sah alles wieder schwarz-weiß. Unsere alte Dorfschule gab es nicht mehr. Aber die Litfaßsäule gleich nebenan, hatte die Zeit überstanden. Früher standen die Leute davor und lasen sich die bedruckten Plakate durch, um sich über Politik und Kultur zu informieren. Heute schauen die Menschen ins Internet. Die Litfaßsäule steht nur noch da, einfach so.

Ich gehe weiter. Die kleinen Geschäfte mussten einem großen Supermarkt im nächst gelegenen Ort weichen. Nur das kleine Schuhgeschäft und der Tante Emma Laden existieren noch. Sogar die alte Apotheke, einst das Schmuckstück des Dorfes, ist verlassen und nur noch eine Ruine.

24

Früher wohnte meine Freundin Annemarie mit ihren Eltern in diesem alten Fachwerkhaus.

Ihr Vater war Apotheker und hatte im Erdgeschoss seinen Laden.

Wenn ich sie nach der Schule zum Spielen abholte, bekam ich immer ein Hustenbonbon.

Im ganzen Haus roch es nach einer Mischung aus Kräutern, Ölen und Salben. Die Apotheker stellten zu dieser Zeit oft selbst im Hinterzimmer verschiedene Tinkturen her.

Zusammen mit den alten schweren Holzmöbeln, entstand der typische Geruch.

Annemarie half später selbst mit im Geschäft und übernahm die Apotheke schließlich.

Mein Weg führte mich weiter zum Blumengeschäft. Hier befand sich früher eine Drogerie.

Ich suchte einen schönen Strauß Nelken, den Lieblingsblumen meiner Mutter. Ich entschied mich für den Strauß in Weiß. Dann überquerte ich die Straße zum Friedhof. Es war ein heißer Nachmittag Ende August. Das Grab meiner Eltern war unter einem großen Baum, etwas im Schatten gelegen. Es war sehr gepflegt. Ja, meine große Schwester hatte sich gut darum gekümmert. Ich stellte die Blumen in eine Vase. „Alles Gute zum Geburtstag, Mama" und meine Augen füllten sich plötzlich mit Tränen. Ich setzte mich auf eine Bank und starrte eine Weile vor mich hin, als mir eine ältere Frau auffiel. Sie ging etwas gebückt und bepflanzte ein Grab mit neuen Blumen. Sie hatte rote Haare. Ich beobachtete sie eine ganze Weile, aber sie schien mich gar nicht zu bemerken.

Mich befiel plötzlich ein merkwürdiges Gefühl. Ich stand auf und ging auf die Frau zu.

„Entschuldigung, kennen wir uns?", Und jetzt war ich mir ganz sicher. „Marita?" „Ja", antwortete ich und schon wieder musste ich weinen. Wir lagen uns lange in den Armen und ich erfuhr, dass Annemarie erst kürzlich ihren Mann verloren hatte.

Gemeinsam verließen wir den Friedhof. Ich entschied mich, den letzten Bus zu nehmen. Zu Hause wartete nur meine Katze auf mich und die mochte mir verzeihen. Annemarie und ich hatten uns so viel zu erzählen. Wir setzten uns in ein Café und ließen die Zeit Revue passieren.

Im Nu war es 19.00 Uhr und ich musste mich beeilen. Mit der Telefonnummer in der Handtasche und dem Versprechen auf ein Wiedersehen fuhr ich nach Hause.

1. Warum kam die Erzählerin in ihren Heimatort?
2. Welche Blumen kaufte sie im Blumengeschäft für ihre Mutter?
3. Wen traf sie auf dem Friedhof?

Die beste Kartoffelsuppe

Emma Kunze schmeißt für ihre 81 Jahre noch erstaunlich gut ihren Haushalt alleine.

Sie kocht, backt, macht die Wäsche und putzt ihre Wohnung.

Besonders das Kochen hat es ihr angetan. Früher, als ihre Jungs noch klein waren und es Kartoffelsuppe zum Mittag gab, standen immer die Kinder aus der halben Nachbarschaft vor der Tür. Die Kartoffelsuppe von Oma Emma, war weit über die Dorfgrenze hinaus bekannt und beliebt.

Die schlimmste Zeit für sie war, als sie aus gesundheitlichen Gründen einige Wochen mit Essen auf Rädern versorgt wurde. Sie hatte stets etwas zu bemängeln: „Das Fleisch zu trocken, die Kartoffeln zu hart und überhaupt schlecht gewürzt." Oma Emma nutzt immer frisches Gemüse und Kräuter aus ihrem eigenen kleinen Garten.

Vor einigen Wochen zog Witwer Alois neben Emma ein. Er bemüht sich auch gut zu kochen, doch ab und zu steigen aus seinem offenen Küchenfenster unangenehme Gerüche empor. Kurz gesagt, er lässt öfter mal etwas anbrennen. Erst letzten Samstag hatte er die Bratkartoffeln auf dem Herd vergessen. Emma tat das schrecklich leid und sie lud ihn spontan zu ihrer Kartoffelsuppe ein.

Alois schwor, noch nie eine so gute Kartoffelsuppe gegessen zu haben und dabei war seine Frau Köchin. Sie plauderten noch ein wenig und bei einem Glas Wein gelang es ihm tatsächlich, Oma Emma das Rezept für die Suppe zu entlocken. Er erfuhr, dass allein die vielen gesunden Kräuter der Schlüssel für die schmackhafte Kartoffelsuppe waren. So nutzte sie Sellerie, Majoran, Liebstöckel, Bohnenkraut und natürlich Petersilie außerdem ein Schuss Senf.

Alois wollte sich unbedingt für die freundliche Einladung revanchieren und lud im Gegenzug seine Nachbarin für den nächsten Tag zum Mittagessen ein. Er hatte Gulasch vorbereitet, doch als die Post klingelte und er zur Tür ging,

spritzte Öl auf die heiße Platte des Elektroher-
des und plötzlich stand der Topf in
Flammen. Emma, die gerade an seinem Küchenfenster vorbei ging und das Drama
mit bekam, stürzte sofort ihrem Nachbarn zu
Hilfe. Mit einem großen Topfdeckel erstickten
sie gemeinsam das Feuer. Puh, das war gerade
nochmal gut gegangen. Nur das Essen war da-
hin und auch der Topf war nicht mehr zu gebrauchen. Zunächst mussten die Zimmer ge-
lüftet werden. Das ganze Haus stank und die
Nachbarn fragten aufgeregt nach.
Nach dem Schreck gingen beide in die Wohnung von Emma, die nun noch schnell einen
Nudelsalat aus dem Ärmel zauberte. Eigentlich
war Alois der Appetit vergangen. Er durfte gar
nicht darüber nachdenken, was hätte passieren
können wenn......Doch als er den leckeren Nudelsalat vor sich stehen sah, langte er kräftig
zu und bat sogar noch um einen Nachschlag.
Die beiden saßen bis spät in die Nacht und redeten. Emma schlug ihm vor, für sich das Essen auf Rädern zu bestellen. „So schlecht ist
das gar nicht", meinte sie und dachte dabei
auch ein klein wenig an ihre eigene Sicherheit.
Alois willigte ein. „Aber unter einer Bedin-
gung, wenn du Kartoffelsuppe kochst, esse ich

bei dir", stellte er gleich klar. Oma Emma nickte lächelnd.

1. **Welche Kräuter gibt Emma an ihre Kartoffelsuppe?**
2. **Wie heißt ihr neuer Nachbar?**
3. **Warum soll Alois in Zukunft „Essen auf Rädern bestellen?**

Die Frau im Park

Es ist Spätsommer und Sabine Lehmann freut sich auf ihren Urlaub mit der Familie.

Eigentlich gehört auch die braune Dackeldame Chili dazu, aber in diesem Jahr sind in dem Hotel keine Hunde zugelassen und so bleibt das kleine Hundemädchen bei Opa Franz.

Franz wohnt schon einige Jahre alleine, nicht weit von Tochter und Schwiegersohn entfernt.

Er kocht sogar noch selbst, aber die Treppen zu seiner Wohnung machen ihm zunehmend zu schaffen. Seit er ein künstliches Kniegelenk hat, ist es ganz schlimm. Aus diesem Grund, war der Umzug in ein „Betreutes Wohnen" für Ende des Jahres geplant.

Es fiel ihm nicht leicht, sich mit dieser Situation abzufinden und es gab endlose

Diskussionen mit seinen Kindern. Aber am Ende war ihm doch klar, dass er die Treppen irgendwann nicht mehr bewältigen kann.

Zunächst schob er aber die trüben Gedanken beiseite und freute sich auf die gemeinsame Zeit mit Chili. Sie würde sicher etwas Abwechslung in seinen Alltag bringen, war er sicher. Der Dackel war zwei Jahre alt und noch sehr verspielt.

Die beiden gingen jeden Tag im Park spazieren, tollten herum und Chili genoss die gemeinsame Zeit. Am Abend saß sie mit Franz im Sessel und knabberte Karotten.

Natürlich durfte die kleine Dackeldame auch mit in seinem Bett schlafen und wie Opas halt so sind, erzählte er dem Tier jeden Abend eine Hundegeschichte. Chili machte große Augen und hörte gespannt zu.

So vergingen die Tage. Die erste Woche war bald um und Opa Franz war mal wieder mit seinem Dackel Gassi. Da fiel ihm eine Frau auf, die ebenfalls einen Hund an der Leine führte. Dieser schien Chili gar nicht zu mögen. Er schaute sie mit funkelnden Blick an und knurrte. Die Frau hatte Mühe, ihren Vierbeiner zu beruhigen, während Chili sich hinter Opa Franz versteckte. Der Mops hatte ein kurzes silbergraues Fell und eine schwarze Schnauze. Eigentlich ein hübscher Hund, wenn er nur nicht so aggressiv gewesen wäre.

Die ältere Dame und Opa Franz kamen ins Gespräch und es stellte sich heraus, dass beide im Moment „nur" Pflegeeltern für die Hunde waren.

Auch Elvira Meyer freute sich darüber, ein paar Tage mit dem Mops ihres Sohnes Zeit verbringen zu können. Dieser war auf Geschäftsreise und wusste seinen Hund Kuno bei der Mutter in guten Händen.

Die beiden Spaziergänger drehten noch eine große Runde und verabredeten sich schließlich für den nächsten Tag.

Opa Franz erfuhr, dass auch seine neue Bekanntschaft alleine lebte. Sie war froh, dass es im Sommer viel im Garten zu tun gab und sie nicht ins Grübeln kam. Und da ihr Sohn beruflich bedingt oft nicht daheim war, kümmerte sie sich häufig um Kuno.

Am Wochenende kamen die Kinder von Franz wieder nach Hause also hieß es Abschied nehmen. Chili schaute ein wenig traurig als ihre Familie sie abholte. Und auch Franz hatte den kleinen Dackel ziemlich in sein Herz geschlossen. Aber er hatte auch eine nette Bekanntschaft gemacht.

Elvira gefiel ihm ganz gut. Sie war nett, gutaussehend, klug und vor allem tierlieb.

Und auch an Kuno hatte sich Opa Franz in den letzten Tagen gewöhnt……..

Es ist der 1. Dezember. Nun wird es wirklich Zeit der alten Wohnung von Franz „Lebewohl" zu sagen. Die Treppen werden für ihn immer mehr zum Problem. Aber er zieht nicht in das „Betreute Wohnen." Nein, Elvira hat genügend Platz in ihrem Haus und ist ebenfalls sehr glücklich darüber, nicht mehr so einsam zu sein. Und auch für Chili steht immer ein Hundekörbchen bereit.

1. **Wie heißt der Dackel, auf den Opa Franz aufpasst?**
2. **Wie beschäftigt er sich mit dem Hund?**
3. **Wo zieht Franz am 1. Dezember ein?**

Ein richtiger Männerabend

„Hast du auch meinen Schnuffel eingepackt?",
fragt der vierjährige Frederic. Mama Christia-
ne lächelt ihren Sohn liebevoll an. „Na klar,
und auch dein Polizeiauto und
das neue Bilderbuch." Der kleine Junge ist seit
Tagen völlig aus dem Häuschen. Denn heute
übernachtet er zum ersten Mal bei den Großeltern. Mama und Papa müssen beruflich
bedingt übers Wochenende verreisen.
Frederic ist gern bei Oma Gerlinde und Opa
Klaus. Sie haben ein kleines Häuschen auf
dem Dorf, einen großen Garten, Kaninchen,
Hühner und die Katze Murle.
Hier wird er nun von Samstag bis Sonntag
wohnen und der Kleine hat auch schon ganz
klare Vorstellungen, wie das Wochenende ab-
laufen wird.
Vor dem Haus der Großeltern werden sie von
Murle begrüßt. Der Kleine packt sie voller
Freude und die Katze faucht und macht einen
Buckel. Sie verschwindet schnurstracks im
Garten.
Frederic schaut ihr fassungslos nach.
Dann geht die Tür auf, denn die Oma hat die
drei schon kommen sehen. Frederic gibt den
Eltern noch einen Kuss und dann ist er auch

schon im Haus verschwunden.

„Gehen wir nachher Fußball spielen?", drängelt er und fällt seinem Opa um den Hals.

„Zuerst müssen wir Oma beim Essen kochen helfen, es gibt Spaghetti und Tomatensoße, die isst du doch so gern."

Nachdem sich Frederics Eltern verabschiedet haben, nimmt Oma Gerlinde ihren kleinen Liebling erst einmal in den Arm. Der Junge ist ihr einziger Enkel und sie mussten lange warten, um endlich Großeltern zu werden.

Stolz packt der Kleine sein Köfferchen aus, das Mama und Papa extra für dieses Wochenende gekauft hatten. Er wollte auch einen Koffer, schließlich verreiste er ja auch. Waschtasche, Zahnbürste und Schlafsachen sowie Kleidung für den nächsten Tag. Und sein Schnuffel, ein kleiner Plüschhund, den er jede Nacht mit ins Bett nahm.

Während Oma noch Frederics Sachen weg räumt, klingelt das Telefon.

Opa geht ran und wird plötzlich sehr ernst. Er gibt den Hörer an seine Frau weiter und hört sie sagen: „Wie schlimm ist es denn?" „Ja, ich komme sofort."

Gerlindes Mutter war gestürzt und mit Verdacht auf Oberschenkelhalsbruch ins

Krankenhaus eingeliefert wurden. Nach dem ersten Schreck nimmt Klaus seine Frau in den Arm und meint: „Fahr du ruhig und kümmere dich um deine Mutter, wir beide machen uns heute einen richtigen Männerabend." Und dabei zwinkert Opa seinem kleinen Enkel zu.

Gerlinde packt schnell ein paar Sachen zusammen und ruft sich ein Taxi, um in das 20 km entfernte Krankenhaus zu fahren.

Und die beiden Männer? Die kochen erst einmal Spaghetti, denn es ist mittlerweile Mittag geworden. Zum Glück ist Opa Klaus ein guter Koch und Oma hat noch leckere Tomatensoße aus eigener Ernte eingekocht, die nun nur noch erwärmt werden muss. Ein bisschen Jagdwurst anbraten, Käse darüber und fertig. Die zwei lassen es sich schmecken. Opa, der es eigentlich liebt, nach dem Mittagessen im Sessel ein Nickerchen zu machen, ist nun gefordert. Die Sonne scheint und der Kleine will zum Spielplatz.

Es ist wirklich ein schöner Spätsommertag. Es riecht schon ein wenig nach Herbst. Frederic wartet ungeduldig im Garten und beobachtet Murle, die zwischen den schon braun gewordenen Hortensien ihre Mittagsruhe hält.

Endlich kommt Opa. Er hat noch kurz mit seiner Frau telefoniert.

Der Schwiegermutter geht es gar nicht gut und Gerlinde muss die nächsten Tage bei ihr bleiben. Die 90- jährige wohnte bisher noch allein, aber nun benötigt sie einen Heimplatz. Da gibt es für Gerlinde einiges zu organisieren.

Frederic ist ein richtiges kleines Kletteräffchen. Die Rutsche hoch und wieder runter. Jetzt soll Opa rutschen, doch dieser weigert sich energisch. Dann rennt Frederic zu der Kletterkugel. Opa ist etwas ängstlich, dass der Kleine hinunter fällt und geht mit ihm zum Sandkasten, wo er nun mit den leckersten Sandtorten voll gestopft wird.

Frederics Blick fällt auf den Ball. Opa muss zuerst ins Tor und der Junge freut sich über jeden Treffer. Dann wird gewechselt. So geht das eine ganze Weile, aber Frederic scheint gar nicht müde zu werden. Im Gegensatz zu Opa Klaus.

Dieser sehnt sich nach einer kleinen Pause und einer schönen Tasse Kaffee.

„Wenn wir jetzt nach Hause gehen, spielen wir heute Abend noch ein bisschen mit der Autorennbahn", lockt Klaus seinen Enkel

vom Spielplatz weg. Sofort willigt Frederic ein. Während Opa sich bei einem starken Kaffee ein wenig Ruhe gönnt, sitzt der Kleine vor dem Fernseher und schaut sich einen Trickfilm an. Doch die Zeit bis zum Abend ist endlos. Er möchte doch so gerne mit der Rennbahn spielen. Also geht Opa mit ihm in das alte Kinderzimmer, das früher seinem Sohn, also Frederics Papa gehörte. Ebenso wie die Rennbahn, die noch fast wie neu ist. Der Junge staunt und seine Augen werden immer größer und während die Autos über und unter den Brücken hindurch sausen, werden die Augen von Opa Klaus immer kleiner. Es ist mittlerweile 19 Uhr und eigentlich Zeit zum Schlafen gehen für Frederic. Doch heute ist alles anders. Opa schläft bereits seit einer halben Stunde, den Kopf unter der Brücke liegend, völlig hinüber. Ihn stören auch nicht die Autos, welche ständig über ihn hinweg rasen. Und Frederic?

Der ist nun hungrig geworden nach dem anstrengendem Tag. Da sieht er Murle die Katze, die wiedermal zur falschen Zeit am falschen Ort ist, nämlich genau unter dem Schrank, in dem Oma die Süßigkeiten aufbewahrt. Das bringt den kleinen Jungen

auf eine Idee. Er klettert auf das Tier, um an die Schokolade zu gelangen. Doch Murle sucht auch diesmal das Weite. Zum Glück kann Frederic die Dose mit den Süßigkeiten gerade noch so fassen. Er setzt sich vor den Fernseher und futtert die gesamte Schokolade

auf. Während im Fernsehen ein Horror Film läuft, sitzt Frederic putzmunter da. Wenn es ganz gruselig wird, versteckt er sich unter der Decke. Plötzlich klingelt es an der Tür und dann hört er, wie jemand den Schlüssel im Schloss herumdreht. Ängstlich kriecht er unter den Tisch. Er hält kurz den Atem an. Dann erkennt er Mamas Schuhe. Die Eltern sind doch schon früher zurück gekommen, da sie von dem Sturz der Uroma gehört haben. Mama nimmt ihren kleinen Nachtschwärmer auf den Arm und der berichtet nun, dass Opa immer noch unter der Brücke schläft. Die Eltern schauen sich verwundert an, doch dann begreifen sie und wecken ihn im Kinderzimmer auf. Dem ist die ganze Sache sehr unangenehm. Aber er muss feststellen, dass er eben nicht mehr der Jüngste ist. Die Eltern schnappen ihren Frederic und kaum im Auto schläft er ein. Opa Klaus ist am nächsten Tag bei seinem Sohn und der Schwiegertochter
zum Mittagessen eingeladen. Am Nachmittag fahren dann alle gemeinsam ins Krankenhaus, die Uroma besuchen.

1. Warum muss Oma Gerlinde zu ihrer
   Mutter fahren?
2. Wie verläuft der Samstag, nachdem Frederic alleine mit Opa Klaus ist?
3. Wie heißt die Katze von Oma und Opa?

Im Doppelpack durchs Leben

„Schau mal Traudel, die Schwanenfamilie",
rief ich meiner Zwillingsschwester aufgeregt
zu.
Die Schwäne kamen ganz nah an die Leute
heran, aber der Schwanenpapa passte auf seine
Jungen gut auf und erschreckte schon mal mit
einem kräftigen Flügelschlag und lautem Fau-
chen die Schaulustigen.
Traudel und ich heißen eigentlich Gertraude
und Rosmarie. Doch von klein an riefen uns
unsere Eltern Traudel und Rosel.
Wir waren niedliche Zwillinge und glichen uns
wie ein Ei dem anderen. Unsere blonden Haare
flocht uns die Mutter oder unsere ältere
Schwester Marianne oft zu Zöpfen, die sie
dann zu Affenschaukeln zusammenbanden. So
verlebten wir eine unbeschwerte Kindheit.

Leider starben die Eltern sehr früh, so dass Marianne, die zwölf Jahre älter war sich um uns kümmerte.

Die Schule schlossen wir beide mit der mittleren Reife ab. Traudel wurde Verkäuferin und ich arbeitete als Floristin, weil ich Blumen so mag.

Obwohl meine Schwester mal ein Jahr lang verlobt war und auch eine Tochter hat, blieben wir beide das ganze Leben Single. Wir zogen zusammen und Traudels Tochter war auch für mich wie ein Kind. Unsere ältere Schwester dagegen, hat eine ziemlich große Familie mit fünf Kindern.

Heute ist sie 84 Jahre alt und sitzt nach einem Sturz im Rollstuhl.

Sie bewohnt genau wie wir, eine kleine Wohnung in der Seniorenresidenz unserer Stadt.

Traudel und ich können noch viel unternehmen. Wir gehen selbstständig zum Einkaufen, auf´s Stadtfest oder zum Arzt. Manchmal nehmen wir Marianne im Rollstuhl mit. Wir sind sehr dankbar, dass wir drei uns haben und verbringen soviel Zeit wie möglich zusammen.

Letztens war ich mit Traudel beim Tanztee in der Stadt. Da wir uns noch immer zum Verwechseln ähnlich sind beschlossen wir, uns auch einheitlich zu kleiden.

Das blau geblümte Kleid mit der goldenen Brosche und dazu die beigen Schuhe waren ein richtiger Hingucker. Wir genossen die verblüfften Blicke der Leute und grinsten uns ins Fäustchen.

Auch beim Tanz glaubten einige Herren ihren Augen nicht und hieße es nicht Tanztee, hätte mancher bestimmt gedacht, einen zu viel getrunken zu haben. Denn wir sahen aus wie das doppelte Lottchen. Nächste Woche feiern Traudel und ich unseren 72. Geburtstag. Da wird die ganze Verwandtschaft da sein und wir freuen uns schon sehr darauf. Unsere Familie hält fest zusammen, obwohl wir uns nur selten sehen. Wir hoffen, dass wir noch recht lange gesund bleiben und viele gemeinsame Geburtstage begehen können.

Während ich hier unsere Geschichte erzähle, füttert meine Schwester immer noch die Schwäne.

Sie hat auch ein paar schöne Fotos mit ihrem Handy gemacht. Das haben wir uns letztes Jahr beide zu Weihnachten gekauft, denn wir gehören noch lange nicht zum alten Eisen.

1. Wie heißt die ältere Schwester der Zwillinge und wie alt ist sie?
2. Wie waren Traudel und Rosel zum Tanztee gekleidet?
3. Wann haben die Zwillinge Geburtstag und wie alt werden sie?

Im Haus „Zum goldenen Apfel"

Anton und Oskar sind zwei rüstige Senioren in den Siebzigern und schon seit ihrer Jugendzeit dick befreundet. Sie leisteten zusammen ihren Dienst bei der Armee, erlernten den gleichen Beruf und teilten sich sogar einmal eine Frau. Damals wusste jedoch keiner der beiden von dem anderen und als der Schwindel nach einem halben Jahr heraus kam, blieben die Zwei trotzdem befreundet und gaben der Frau den Laufpass. Erst mit der Hochzeit von Oskar trennten sich ihre Wege, denn er zog mit seiner Familie in eine andere Stadt. Ihr Kontakt beschränkte sich nun nur noch auf Telefonate zum Geburtstag oder zu Weihnachten.

Vor zwei Jahren starb Oskars Frau ganz plötzlich und er blieb allein zurück. Der einzige

Sohn wohnt viele Kilometer entfernt und Oskar zog wieder in sein Heimatdorf. Hier traf er auch Anton wieder, der als Single durchs Leben ging.

Zu dieser Zeit wurde viel über das neue Haus für „Betreutes Wohnen"gesprochen, das im September im Heimatort der beiden eröffnen sollte. Sogar in der „Bildzeitung" stand ein großer Bericht und obwohl weder Oskar noch Anton jemals in ein Heim wollten, entschieden sie sich spontan dazu, am „Tag der offenen Tür", das Haus mal genauer unter die Lupe zu nehmen.

Am Tag der Eröffnung, drängte sich schon früh beizeiten eine größere Menschenmenge vor dem Haus. Ein großer goldener Messingapfel als Symbol, lag in einer Schale direkt am Eingang.

Wahrscheinlich war die riesige Apfelplantage gleich nebenan der Grund für den Namen, der schon etwas neugierig machte.

Wahrlich wie im Märchen kam man sich vor, wenn man das Foyer betrat. Es war hell und freundlich durch die riesigen Panoramafenster. Auf einem Fernsehmonitor, der genau mittig an der Wand im Foyer platziert war, lief gerade Werbung für professionelle Hörgeräte. Anton und Oskar ließen sich in einer der gemütlichen

Sitzecken nieder. Die Sessel waren so weich und bequem, dass man gar nicht mehr aufstehen wollte. Schon kam auch die Bedienung aus der Cafeteria mit Kaffee und Kuchen und die zwei ließen es sich schmecken. Doch sie waren ja nicht zum Essen gekommen, sondern wollten sich einen Überblick verschaffen. Ein Hinweisschild an der Rezeption, wies den Besuchern den Weg in den Wellnessbereich, wo Massagen, Wassergymnastik und Kneippkur angeboten wurden. Für die Leseratten war im Clubraum eine umfangreiche Bibliothek eingerichtet. Außerdem gab es einen großen Festsaal für Veranstaltungen, ein Restaurant und einen Gymnastikraum. Natürlich waren auch Friseur und Fußpflege im Haus. Sogar an eine kleine Arztpraxis für Notfälle wurde gedacht.

Besonders toll fanden die Besucher aber die großzügige Gartenanlage. Inmitten ein großer Fischteich mit Solarspringbrunnen. Durch ein herrlich blühendes Rosentor gelangten Anton und Oskar auf die Terrasse mit Tischen und Stühlen und einer kleinen Bar. Hier gab es Wasser, Säfte, Cola und auch Eis. Zu Veranstaltungen natürlich auch mal ein Bier oder ein Glas Sekt. Ein paar Gartenzwerge bewachten die wunderschön angelegten Blumenbeete und aus der Kräuterecke stiegen den Gästen Düfte von Lavendel und Thymian in die Nase.

Oskar und Anton waren begeistert. Doch noch hatten sie sich die Zimmer nicht angeschaut.

Eine freundliche Mitarbeiterin begleitete die beiden Männer auf die Etage. Ein heller, gemütlicher Wohnbereich, mit modernen Möbeln, einer Küchenecke, Flachbildschirm und sogar einem Computer für interessierte Senioren erwarteten sie dort. Es gab zwölf Einzel- und ein Doppelzimmer für Ehepaare auf jeder Etage. Jedes Zimmer war ausgestattet mit Fernseher und besaß eine kleine Küchennische mit Geschirr, Besteck und Kühlschrank, falls mal nachts der kleine Hunger kommt. Der Ausblick, egal von welcher Seite, überall Apfelbäume.

Anton schaute auf die Uhr. Ganze drei Stunden hatten sie sich hier aufgehalten. Aber es hatte sich gelohnt. Mit Mitte 70 war es ja keine Schande, sich ein bisschen verwöhnen zu lassen. So entschieden sie sich ziemlich schnell und zogen schon bald in das Haus „Zum goldenen Apfel".

1. Beschreiben Sie bitte das Haus „Zum goldenen Apfel"!
2. Was gefällt Ihnen an ihrem Seniorenheim und was gefällt Ihnen nicht?
3. Wie heißen die beiden Freunde und wie lange kennen sie sich schon?

Wie die Zeit vergeht

Vor ein paar Tagen machte ich einen Ausflug mit meinem neuen Fahrrad.

Es war ein schwül-warmer Sommerabend und der Fahrtwind brachte ein wenig Abkühlung.

Ich liebe es durch die Natur zu radeln, vorbei an blühenden Wiesen, Feldern und Gärten.

Der Duft von gegrilltem Fleisch, lachende Menschen, die ihren Feierabend mit Freunden genießen.

Ab und zu huscht eine Katze an mir vorbei oder es raschelt irgendwo im Baum.

Mein Ziel war ein kleines Dorf, nur ein paar Kilometer von meinem Wohnort entfernt. Hier verlebte ich die ersten Jahre meiner Ehe, gemeinsam mit meinem Mann und unseren beiden Kindern. Schon die Straße dorthin, weckte viele Erinnerungen. Ein Bahnübergang kreuzte damals immer meinen Weg, wenn ich in den nächsten größeren Ort wollte. Leider waren die Schranken meist unten und man konnte schon manchmal die Geduld verlieren, wenn man es eilig hatte. Heute sind die Schienen längst verschwunden. Dafür entstanden dort neue Eigenheime. Diese Strecke lief ich früher vielleicht hundertmal mit dem Kinderwagen entlang, holte meinen Mann von der Arbeit ab, ging zum Elternabend oder zum Einkaufen und hier blieb ich das erste und zum Glück einzige mal stehen, weil mein Benzintank leer war.

Meine Nase führte mich direkt zu meinem Zielort, denn auf der Strecke befindet sich nach wie vor der Kuhstall, indem mein Mann damals eine Zeit lang arbeitete.

Als ich in das Dorf einbog, war die Straße trotz schönem Wetter wie leer gefegt. Viel hatte sich nicht verändert auf den ersten Blick. Ich fühlte mich wie um Jahre zurück versetzt. Die Straße hatte noch immer das alte Kopfsteinpflaster.

Die Fachwerkhäuser mit den kleinen Fenstern waren nur ein bisschen aufpoliert und mit Jahreszahlen und alten Schriften versehen. Die großen Tore an den Höfen waren verschlossen, sodass ein Blick hinein nur schwer möglich war. Damals waren gar keine Tore vorhanden, der Hof stand immer offen. Aber die Postschließfächer waren verschwunden. Früher hatte sich morgens dort das halbe Dorf versammelt und ein Schwätzchen abgehalten. Mittendrin die Postfrau, die damals stets mit dem Fahrrad kam. Die meisten Dorfbewohner waren Bauern, denen viel Land gehörte. Vorwiegend ältere Leute. Die Jungen sind mittlerweile weg gezogen, haben selbst gebaut oder sind in die Stadt gegangen. Nur einige wenige sind geblieben. Unser Haus, eine ehemalige Scheune erkannte ich kaum wieder. Ich fand, die jetzigen Eigentümer hätten da ein bisschen mehr Liebe hinein stecken können. Am Ende des Dorfes war früher ein Teich. Nach längerem Suchen, konnte ich ihn ausfindig machen. Dicht bewachsen, konnte man ihn von der Straße aus kaum sehen.

Was mich besonders faszinierte, war ein Grundstück, das wohl das älteste von allen war. Ein riesiges Rondell mit Taubenhaus, Pferdestall und Ententeich. Die prachtvoll angelegten Blumenrabatten erinnern an ein Märchenschloss. Die Eigentümer sind jetzt Mitte fünfzig und haben das Grundstück von Generationen weiter vererbt bekommen. Ich kann mir nicht erklären, wieso seitdem fast dreißig Jahre vergangen sind, kommt mir doch manches vor, als wäre es erst gestern gewesen. Mit ein bisschen Wehmut im Bauch trat ich die Heimreise an. Es war schön, noch einmal in die Vergangenheit ein zu tauchen. Die Bilder werden mir sicher noch eine Weile im Kopf bleiben.

1. **Was wird alles über das kleine Dorf berichtet?**
2. **Vor wie viel Jahren hat die Erzählerin dort gewohnt?**
3. **Wo arbeitete damals ihr Mann?**

Wiesenblumen Sinfonie

„Komm Clara!", rief ich meiner kleinen Enkelin zu, die völlig aus dem Häuschen die herrlichen Wiesenblumen bestaunte und mit ihren kleinen Händchen kaum noch welche tragen konnte. Sie rannte durch das hohe Gras auf der Wiese und ich bewunderte ihre kindliche Unbeschwertheit. Clara ist vier Jahre alt und wie jedes Mädchen in diesem Alter, liebt sie es Blumen zu pflücken. Sie hat genau solche blonden Engelslocken wie ich damals hatte.

Als ich sie so in ihrem Kleidchen sah, erinnerte ich mich an meine eigene Kindheit zurück.

Ich war damals etwa sechs oder sieben Jahre alt und lebte mit meinen Eltern in einem Haus, etwas abseits vom nächsten Dorf. Zum Haus gehörte ein Garten mit Obstbäumen und -Büschen, Gemüse und Blumen. Außerdem hatten wir ein Stück Feld, auf dem mein Vater Getreide oder Kartoffeln anbaute.

Ich war viel in der Natur, denn Computer und dergleichen gab es damals natürlich noch nicht. Ich konnte es ebenfalls nie erwarten, endlich das Kleid und die Kniestrümpfe aus dem Schrank zu holen, sobald sich die ersten Sonnenstrahlen durch die Wolken schoben.

Wenn meine Freundinnen nicht zum Spielen kommen durften, streifte ich allein durch die Felder und Wiesen oder ich schnappte mir mein Fahrrad und erkundete die Umgebung.

Am liebsten zog ich aber mit meinem Vater los, um Futter zu holen. Wir hatten damals Hühner, Gänse und Kaninchen. Ich sehe das Bild genau vor mir, mein Vater mit Jutesack über der Schulter und Sense in der Hand und ich sprang vergnügt nebenher. Schon von weitem leuchteten mir der Rote Klatschmohn und die blauen Kornblumen entgegen. Ich kannte damals noch nicht die Namen der Blumen, aber die herrlichen Farben faszinierten mich. Ich pflückte für meine Mutter einen riesigen Strauß und obwohl wir die schönsten Blumen im Garten hatten, waren meine Wiesenblumen etwas ganz Besonderes. Meine Mutter holte dann immer eine alte Kaffeekanne, die bei uns als Blumenvase diente und stellte meine Blumen ins Wasser.

Heute leben meine Eltern leider nicht mehr. Aber als ich sie das letzte mal auf dem Friedhof besuchte, hatte ich nichts weiter als einen Strauß Wiesenblumen. Es war eine wahre Sinfonie, bestehend aus Mohnblumen, Kornblumen, Flachs, Glockenblumen, Butterblumen, Rotklee und Margeriten.

Was für ein buntes Farbenmeer! Ich musste schon ein wenig schmunzeln, als ich damit vorm Grab meiner Eltern stand. Ich weiß genau, dass sich meine Mutter sehr darüber gefreut hätte, genauso wie vor fünfzig Jahren.

Lautes Lachen riss mich aus meinen Gedanken. Clara hatte ihre Freundin Nele getroffen, die mit ihrer Mama und dem Hund spazieren war. Nun wollten beide zusammen spielen. Der Oma wurde nun der Strauß in die Hand gedrückt. Die Blumen mussten dringend ins Wasser, denn einige ließen schon die Köpfchen hängen. Zu Hause stellte ich sie in die alte Kaffeekanne, die ich nach dem Tod meiner Eltern als Erinnerung mit zu mir genommen hatte. So wiederholt sich Manches im Leben. Schon komisch, oder ?

1. **Können Sie sich noch an die bunten Wiesenblumen aus Ihrer Kindheit erinnern?**
2. **Welche Blumen hat die Erzählerin ihren Eltern auf den Friedhof gebracht?**
3. **Wie alt ist die Enkelin?**

Bewegungsgeschichte

Zwiebelkuchen und Federweißer

Heute Nachmittag fand im Seniorenheim „An der alten Mühle" das alljährliche Herbstfest statt.
So wie jedes Jahr, wurde von der Heimleitung sehr viel Wert darauf gelegt, dass die Bewoh-

ner mit bei den Vorbereitungen einbezogen wurden.

Und einige der Senioren waren schon seit Tagen emsig dabei. Gisela und Renate gestalteten das große Plakat, dass im Foyer ausgehängt wurde.

(Mit beiden Händen ein großes Plakat in die Luft zeichnen.) Sie schrieben **(In der Luft zuerst mit dem rechten Zeigefinger schreiben, dann mit links.)**

und schnitten **(Zuerst mit Daumen und Zeigefinger der rechten Hand, dann mit links in der Luft schneiden.)**

Johanna sammelte vorm Haus noch schnell ein paar bunte Blätter und Kastanien zur Deko auf.

(Bücken und mit beiden Händen abwechselnd Blätter und Kastanien aufheben.)

Auch die beiden Hausmeister hatten viel zu tun. Sie brachten bunte Lämpchen im Speisesaal an.

Dazu mussten sie auf eine Leiter steigen **(Fiktiv auf die Leiter klettern, Stufe für Stufe und dabei auch mit den Händen abwechselnd nach oben greifen.)**

und anschließend die Lichterkette durch anschrauben befestigen. **(Mit der rechten Hand den Schraubenzieher drehen.)**

54

In der Küche wurde ein Zwiebelkuchen geba-
cken. Dazu kam Hefeteig in eine Backform.
**(Mit beiden Händen den Teig in die Form
drücken.)**
Käthe Becher bot sich an, die Zwiebeln zu
schneiden. **(Mit der rechten Hand kleine
Zwiebelwürfel schneiden.)**
Verzweifelt kämpfte sie mit den Tränen. **(Mit
beiden Händen Tränen von den Wangen wi-
schen.)**
Die Zwiebeln wurden zusammen mit Speck-
würfeln angebraten und kamen in eine Schüssel.
Dann noch zwei Eigelb dazu und etwas gerie-
bener Käse. **(Zwei Eier aufschlagen und
Käse mit der rechten Hand reiben.)** Nun
kam die Masse auf den Hefeteig und in den
Ofen.
Die beiden Männer der Etage hatten sich etwas
Besonderes einfallen lassen. Gruselig sollte es
werden auf dem Balkon des Speisesaals.
Dazu hatten Heinz und Walter einen Kürbis
besorgt. Nachdem sie den Deckel abgeschnit-
ten hatten,
**(Mit einem spitzen Messer kleine Öffnung
oberhalb des Kürbis ausschneiden.)** wurde
dieser ausgehöhlt. Dazu benutzten sie einen

großen Löffel. **(Mit linker Hand den Kürbis halten, mit rechts aushöhlen.)**

Nun musste noch ein Gesicht aufgezeichnet werden. Walter malte eine richtige Fratze auf den Kürbis und stellte sich in Gedanken die ängstlichen Blicke seiner Mitbewohnerinnen vor, wenn dieser im Dunkeln zum Balkonfenster hereinschaut. **(Mit rechter Hand ein Gesicht auf den Kürbis zeichnen.)** Jetzt war der Halloween Kürbis fast fertig. Nur noch vorsichtig mit einem kleinen Messer Augen, Nase und Mund ausstanzen. **(Mit dem Messer in der rechten Hand die Augen, die Nase und den Mund ausschneiden.)** Freudig grinsten sich die beiden Männer an. Sie waren sehr zufrieden mit ihrem Werk.

Heinz klaute noch schnell bei seiner Tischnachbarin Isolde das Haarspray aus dem Bad. Mit ein paar kurzen Sprühstößen von innen und außen wurde der Kürbis haltbar gemacht. **(Mit der Spraydose in der rechten Hand Kürbis kurz von allen Seite ansprühen, dann dasselbe mit der linken Hand.)**

Nun wurde der gruselige Geselle auf dem Balkon positioniert.

Inzwischen fanden sich die ersten Gäste ein. Mit flotter Herbstmusik vom CD Player wurden sie empfangen. Bald roch es überall im Haus nach frisch gebackenen Zwiebelkuchen.

Einige Schwestern waren bereits damit beschäftigt, die Weinflaschen mit dem Federweißer zu öffnen. Schwester Elke faltete noch schnell die restlichen Servietten. **(Mit linker Hand die Flasche festhalten, mit rechts Flasche aufdrehen, danach Servietten falten.)**

Nun war das Herbstfest eröffnet. Alle waren guter Dinge und prosteten sich zu. **(Fiktives Glas in die Hand nehmen und mit dem Nachbarn anstoßen.)**

Es war schon spät und so mancher verspeiste schon das zweite Stück Zwiebelkuchen.

Plötzlich ein gellender Schrei! Frau Jacob war der Ohnmacht nahe. Mit zittrigen Knien, zeigte sie auf das beleuchtete Ungeheuer auf dem Balkon. **(Mit dem Finger nach vorn zeigen.)**

Das war der Augenblick, auf den Heinz und Walter gewartet hatten.

1. Wo fand das Herbstfest statt?
2. Welche Zutaten wurden für den Zwiebelkuchen benötigt?
3. Was hatten sich die beiden Männer Heinz und Walter einfallen lassen?

Sprichwortgeschichten

Blumen- Marianne

Mitten im Dorf, gleich neben der Kirche befindet sich ein kleines Eckhaus. Zwei große, liebevoll dekorierte Schaufenster lassen erkennen, dass hier Blumen angeboten werden.

Über der Ladentür steht in bunten, verschnörkelten Buchstaben „Blumen- Marianne".

Marianne Kunze, die Eigentümerin des Geschäftes ist gelernte Floristin, aber schon längst in Rente. Und dennoch steht sie Tag ein und Tag aus in ihrem kleinen Laden. Im Obergeschoss befindet sich ihre Wohnung.

Marianne liebt Blumen über Alles. Gleich hinter dem Haus hat sie einen wunderschönen Garten, mit den farbenprächtigsten Blumen, **wie aus dem Bilderbuch.**

Viele Jahre führte sie mit Hubert, ihrem Mann den Laden.

Während Marianne den ganzen Tag die schönsten Blumengebinde zauberte, war ihr Mann damit beschäftigt, die bestellten Blumen an die Kunden auszuliefern.

Doch Hubert hatte öfter mal ein **Techtelmechtel** mit anderen Frauen. Vor allem seine Nachbarin hatte ihm **ziemlich den Kopf verdreht.**

Immer öfter, stand er mit einem Strauß Rosen vor ihrer Tür. Es dauerte eine ganze Weile, bis Marianne **davon Wind bekam.**

Eines Tages fand sie einen Liebesbrief in der Jackentasche ihres Mannes.

Da sah sie Rot! Sie packte Huberts Sachen zusammen und **schickte ihn dorthin, wo der Pfeffer wächst.**

Nun stand Marianne **erst einmal allein auf weiter Flur.**

Aber sie war sehr fleißig und würde die Zeit, bis sich eine Aushilfe fände, sicher irgendwie überbrücken. Da war sie sich ganz sicher.

Den Kunden blieb natürlich auch nicht verborgen, **dass an der Sache etwas faul war.** Marianne**,** die sonst immer **einen lustigen Spruch auf den Lippen hatte,** war plötzlich sehr in sich gekehrt. Manche fragten besorgt nach, andere waren eher neugierig.

Eines Tages betrat ein älterer Herr Mariannes Blumengeschäft. Es war schon kurz vor 18 Uhr und eigentlich wollte sie gerade die Tür abschließen.

Sie war ziemlich geschafft und sehnte den Feierabend herbei. Der Mann entschuldigte sich für sein spätes Erscheinen. Aber er brauchte unbedingt noch einen Blumenstrauß für den 18. Geburtstag seiner Enkelin. Etwas Besonderes sollte es sein. Marianne bot dem späten Kunden einen Tee an und machte sich sogleich an die Arbeit. Das Ergebnis konnte sich sehen lassen. Ein wunderschön gebundener Blumenstrauß, farblich sehr gut in Szene gesetzt und in der Mitte eine goldene 18. „Perfekt", rief der ältere Herr begeistert. Er gab ein reichliches Trinkgeld und bedankte sich nochmals. Nun konnte Marianne Feierabend machen.

Am nächsten Abend kam der selbe Kunde abermals in Mariannes Geschäft. „Ich hätte gerne einen Strauß Rosen", sagte er. Er bezahlte die Blumen und überreichte sie Marianne. **Diese machte große Augen.** „Ich möchte Sie als kleines Dankeschön für den schönen Blumenstrauß von gestern gern zum Essen einladen", meinte er.

Marianne zögerte zuerst, aber dann sagte sie: „Gerne, ich freue mich."

Sie verabredeten sich für 20 Uhr. Da blieb noch genug Luft, sich zurecht zu machen.

Pünktlich zur verabredeten Zeit, klingelte es an ihrer Tür. „Mein Name ist übrigens Hubert Lange", stellte sich der neue Verehrer vor. „Hubert?", wiederholte Marianne etwas irritiert. „Ja, ist etwas nicht in Ordnung?", wunderte sich Herr Lange. **„Doch, alles in But-**

ter", sagte Marianne, und konnte sich ein Grinsen nicht verkneifen.

Später, im Restaurant verlief das Gespräch ein bisschen lockerer und auch das mit dem Namen klärte sich auf. Die beiden redeten und zum Schluss hatte Marianne sogar eine Praktikantin für ihr Blumengeschäft. Hubert war sehr froh, seiner Enkelin die Praktikumsstelle verschafft zu haben. Außerdem hatte er Marinne ebenfalls einen Gefallen getan und er selbst war ja am Ende auch nicht leer ausgegangen. Er trifft sich jetzt öfter mit seiner Blumenfee, wie er sie nennt. Vielleicht wird ja mehr daraus, wer weiß?
Da kann man nur abwarten und Tee trinken.

1. **Welche Sprichwörter sind Ihnen in der Geschichte aufgefallen?**
2. **Wie heißt der neue Verehrer von Marianne?**
3. **Um wie viel Uhr verabreden sich die beiden?**

Man muss die Feste feiern, wie sie fallen

Gestern waren wir zum 90. Geburtstag bei Tante Frieda eingeladen.
Es ist eigentlich die Großtante meines Mannes und ich habe sie während unserer Ehe vielleicht zweimal gesehen. Deshalb war ich ein bisschen am Zweifeln, ob wir die Einladung annehmen sollten. Doch Gerd, mein Mann wischte alle Bedenken bei Seite mit dem Satz:
„Man muss die Feste feiern, wie sie fallen."
Und schließlich wird man nicht jeden Tag zu einem 90. Geburtstag eingeladen. Außerdem wäre es ja auch so eine Art Familientreffen. Damit waren auch die kleinsten Zweifel bei mir beseitigt und ich tat meinem Mann den Gefallen.
Doch ehrlich gesagt war ich etwas ratlos, was das Geschenk betraf. Ich hatte Tante Frieda vor 30 Jahren zum letzten Mal gesehen und eigentlich keinerlei Erinnerung mehr an sie.
Und es sollte ja auch kein **Nullachtfünfzehn** Geschenk, sondern es sollte schon etwas Brauchbares sein.
Alte Menschen frieren schnell, vielleicht ein paar dicke Wollsocken oder eine
Rheumadecke?

Ich einigte mich mit meinem Mann darauf, dass wir Beides schenken. Sie würde sich sicher darüber freuen und schließlich **schaut man einem geschenktem Gaul nicht ins Maul.**

Um 15 Uhr sollte die Feier beginnen. Während ich schon seit einer Stunde ausgehfertig war, musste ich Gerd mal wieder ermahnen, sich doch etwas zu beeilen.

Kurz vor 15 Uhr hatten wir Tante Friedas Haus erreicht. Grinsend zeigte mein Mann auf seine Armbanduhr und sagte: **„Fünf Minuten vor der Zeit, ist des Deutschen Pünktlichkeit."**

Zur Wohnung nahmen wir den Fahrstuhl, immerhin befand sich diese im fünften Stock.

Es öffnete uns eine ältere korpulente Dame mit Kostüm und Brosche. „Du musst der Gerd sein", sprudelte es aus ihr heraus. „Ja, herzlichen Glückwunsch zum Geburtstag Tante Frieda",sprudelte mein Mann genauso und drückte ihr den Strauß Nelken in die Hand. Etwas verdutzt meinte sie:

„Ich bin doch Elfi, deine Großcousine." **„Ach du grüne Neune"**, schoss es mir durch den Kopf.

Doch Gerd meinte: „Oh tatsächlich, jetzt wo ich genauer hin sehe." **„Asche auf mein Haupt."**

Zum Glück kam in diesem Augenblick die echte Tante Frieda zur Tür. Groß, aufrechter Gang, Haare gestylt. „Sorry, ich musste mich noch schnell ein wenig zurecht machen", entschuldigte sie sich halb auf englisch. Gerd riss der immer noch irritierten Elfi die Nelken aus der Hand und überreichte sie nun dem wahren Geburtstagskind. Diese bat uns sogleich herein. **„Alter Schwede"**, flüsterte mir mein Mann ins Ohr. Wir betraten ein geschmackvoll eingerichtetes Wohnzimmer, in dem sich bereits einige Gäste versammelt hatten. Nun hatte auch ich endlich die Gelegenheit, Tante Frieda zu gratulieren. Etwas unsicher überreichte ich ihr unser Geschenk.

Nachdem wir auch die anderen Gäste im Raum begrüßt hatten, setzten wir uns an die festlich gedeckte Tafel. Tante Frieda hielt eine kurze Rede, in der sie sich bei allen Gratulanten für die Glückwünsche und die Geschenke bedankte. Wir erhoben das Glas und prosteten uns mit teurem Champagner zu.

Der Geburtstagstisch war gefüllt mit hochwertigen Parfüm, einer Perlenkette, einem edlen Seidentuch sowie zahlreichen teuren Spirituosen. Zum Glück hatte sie noch keine Gelegenheit dazu gefunden, sich unser Geschenk näher anzusehen. Die älteren Herrschaften um uns herum, schienen alle so zwischen siebzig und achtzig zu sein. Die Dame rechts von mir, hatte einen etwas eigenartigen Geruch, den ich aber nicht zuordnen konnte. Aber jedes Mal wenn sie lachte, **rückte sie mir derart auf die Pelle**, dass es mir sehr unangenehm war. Während sich alle anderen Gäste unterhielten, mampfte Gerd schon das fünfte Stück Kuchen in sich hinein. „Oh, da hat wohl einer großen Appetit", scherzte seine Nachbarin, die aussah wie ein **Hungerhaken**. Meinem Mann war das sichtlich unangenehm und er schaute hilfesuchend zu mir herüber. Die Tischgespräche wechselten von Finanzen zu Politik und da wir nicht viele Finanzen besaßen, traute sich Gerd mal beim Thema „Politik", **seinen Senf dazu zu geben.** Doch das hätte er mal lieber lassen sollen. Denn so wie alle guckten, schien er mit seiner politischen Meinung ziemlich alleine da zu stehen. Wir kamen uns beide so hilflos vor. Dann war mir plötzlich klar, wir mussten hier weg. **Wie von der Tarantel gestochen**, stand ich auf und stammelte: „Mir fällt gerade ein, ich habe wohl den Stecker vom Bügeleisen nicht aus der Steckdose gezogen." Bei dieser Aktion riss ich das volle Sektglas meiner rechten Tischnachbarin mit zu Boden. Gerd, der sofort geschalten hatte, rief der Gesellschaft noch zu : **„Scherben bringen Glück",** und mit einem großen Griff in die Schale mit dem Knabbergebäck war er auch schon aus dem Zimmer verschwunden.

Ich winkte noch kurz den Anderen zu und bedankte mich im Gehen.

Glauben Sie mir, noch nie habe ich so fluchtartig eine Geburtstagsfeier verlassen.

Wir warteten diesmal nicht auf den Fahrstuhl, sondern nahmen die Treppe. Schnell setzten wir uns in unser Auto und düsten nach Hause.

„Ach Schatz", meinte mein Mann, „gut das du uns da heraus geholt hast."

„Ja, vielleicht solltest du das nächste Mal doch auf mich hören", antwortete ich.

„Ja, aber der Kuchen war echt lecker", hatte er natürlich wieder das letzte Wort.

Aus dieser Geschichte haben wir gelernt, **man muss nicht immer auf jeder Hochzeit tanzen.**

1. **Wie viele Sprichwörter sind in der Geschichte enthalten?**
2. **Was schenken Gerd und seine Frau Tante Frieda zum Geburtstag?**
3. **Wem überreicht Gerd am Anfang versehentlich die Nelken?**

Duftgeschichten

Winterdüfte

„Es will einfach nicht aufhören zu schneien",
hörte ich meinen Mann Detlef fluchen, als er
ins Haus kam.
Schon den ganzen Morgen, versuchten die
Leute die Straßen und Wege mit ihren Schnee-
schiebern und Besen vom Schnee und Eis zu
befreien. Das Kratzen und Kehren in der Straße war nicht zu überhören.
„Nur gut, dass Wochenende ist und niemand
zur Arbeit fahren muss", sagte ich während ich
meinen heißen Kaffee schlürfte.
Detlef war völlig durchgefroren und freute
sich nun auch auf sein Frühstück.
Liebevoll hatte ich an diesem Samstagmorgen
den Tisch gedeckt, Brötchen aufgebacken und
Eier gekocht. Während Detlef in der Zeitung
blätterte, plante ich unseren Tag.
„Was hältst du davon, wenn wir heute Nachmittag mal frisch gebackene Waffeln essen?,
ich habe doch noch das alte Waffeleisen von
deiner Mutter im Schrank." Mein dicker Detlef
war natürlich begeistert von dieser Idee.

Und fügte gleich noch hinzu: „Am liebsten esse ich die mit Vanillecreme."

Schon beim Anrühren des Teiges, wich mir mein Mann nicht von der Seite. Bald waren die ersten Waffeln fertig und im ganzen Haus **duftete es nach frischem Gebäck mit einer Note von Vanille und Zimt.**

Nachdem Detlef nun auch noch die letzten Reste des Teiges aus der Schüssel gekratzt hatte, wollte er Kaffee kochen. Da die Kaffeedose leer war, öffnete er ein neues Paket. Detlef schnupperte mit seiner Nase und hielt mir die Kaffeebohnen hin. Oh was für ein **kräftiger, würziger Duft kam mir da entgegen.** Er füllte sie in die Kaffeemühle und im Hand umdrehen waren die Bohnen zu einem feinen Pulver zermahlen. Der frische Kaffee und die knusprigen Waffeln waren ein Gedicht.

Inzwischen hatte es ein wenig nachgelassen zu schneien. „Komm, lass uns einen Spaziergang unternehmen," schlug mein Mann vor. Ich fand die Idee gut.

Schnell holte ich meine Pelzjacke aus dem Kleiderschrank. Ich hatte sie schon jahrelang nicht mehr getragen und deshalb **roch sie auch etwas muffig.** Also entschied ich mich doch für den Anorak. Er hatte auch eine Kapuze und ich würde darin sicher nicht frieren. Detlef hatte sich eine Bommelmütze übergestülpt. „Wo hast du die denn her?", musste ich mir das Lachen verkneifen.

„Die hat mir meine Mutter mal gestrickt", du kannst ja nicht stricken. Da hatte er es mir also wieder gegeben.

Draußen herrschte eine scharfe Luft. Ich wickelte mir meinen Schal um Mund und Nase, um mein Gesicht vor der Kälte zu schützen. Es war glatt und ich hakte mich vorsichtshalber bei Detlef unter.

Heute waren viele Spaziergänger unterwegs, denn in unserem kleinen Dorf hatte an diesem Wochenende ein Mini- Weihnachtsmarkt geöffnet. Schon von weitem sah ich das bunt beleuchtete Glücksrad und das kleine Kinderkarussell. Mein Mann dagegen, hatte schon wieder **die Bratwürste und den Glühwein gewittert.** Während ich mich in der Schlange anstellte, hatte er einen alten Arbeitskollegen getroffen und hielt erst einmal mit diesem ein Schwätzchen. Meine Füße wurden ziemlich kalt, wie ich so da stand und die Schlange bewegte sich nur sehr langsam voran. Eine dicke Dame vor mir **roch ziemlich streng nach Schweiß** und so war ich etwas auf Abstand.

Endlich war ich an der Reihe. Freudig stellte mich Detlef seinem Arbeitskollegen vor. Die beiden **rochen nach Schnaps,** das war mir nicht entgangen. Ich schlenderte noch alleine ein wenig über den kleinen Markt, schaute hier und schaute da. Am Stand mit den Duftkerzen blieb ich stehen.

Ich schnupperte mich durch verschiedene Düfte. Schließlich kaufte ich **eine Kerze mit Orangenduft.** Mein Dicker war immer noch im Gespräch mit seinem Kumpel, also noch genügend Zeit, mir ein paar schöne Tannenzweige für meinen Adventsstrauß auszusuchen. Schnell war ich fündig geworden und ging nun wieder zu meinem Mann, dem ich gleich das Grüne in die Hand drückte. „**Das riecht nach Weihnachten**", meinte er, und piekste sich beim Riechen in die Nase. Es wurde schon dunkel und krümelte wieder etwas vor sich hin.

Jetzt machten wir, dass wir nach Hause kamen. Völlig durch gefroren, ließ ich uns erst einmal ein **Lavendelbad** ein. Sofort verwandelte sich das ganze Badezimmer in eine kleine Entspannungs- und Wohlfühloase. Das tat gut nach diesem langen Aufenthalt in der Kälte. Um dem Abend noch etwas mehr Gemütlichkeit zu verleihen, zündete ich meine neue Kerze an. **Der Duft von Orange machte Appetit**

auf Orangen. Doch leider hatten wir keine im Haus und es war Wochenende.

Es war ein schöner Samstag und ich war so geschafft, dass mir schon bald die Augen zu fielen.

Beim Zubettgehen, öffnete mein Mann noch einmal weit das Fenster und schaute hinaus.

„Du, das riecht nach Schnee!" Ich schmunzelte und meinte: „Was du alles so riechst!"

1. **An welche Gerüche aus der Geschichte können Sie sich erinnern?**
2. **Woher hatte Detlef die Bommelmütze?**
3. **Wen traf Detlef auf dem Weihnachtsmarkt?**

Die Düfte meiner Kindheit

Ja, lang sind sie her, die schönen unbeschwerten Tage meiner Kindheit.

Und dennoch, sind mir manche Erlebnisse fest im Gedächtnis geblieben. So fest, als wäre es gestern gewesen. Auch bestimmte Gerüche, erinnern mich immer wieder an Situationen von damals.

Aber das wird Ihnen sicher genauso gehen.

Als Stadtkind verbrachte ich die Ferien meist bei meinen Großeltern auf dem Land.

Großvater war Bauer mit Leib und Seele. Aber je älter er wurde, umso schwerer fiel ihm die Arbeit. Und so begrenzte sich sein Bauern Dasein nur noch auf ein Stück Feld, einen Garten sowie auf Hühner und ein paar Kaninchen. Seine Frau, also meine Oma, unterstützte ihn bei der Arbeit.

Das Haus in dem sie wohnten, war alt und ständig musste etwas repariert werden. Aber mein Großvater war auch handwerklich geschickt und konnte die meisten Schäden selbst beheben.

Der Garten war Oma´s Revier. Hinten am **Fliederbusch** befand sich eine gemütliche Sitzecke. Ende Mai stand der Busch in voller Blüte und verströmte seinen betörenden Duft.

Bei schönem Wetter liebte ich es, dort stundenlang zu sitzen und Oma beim Stricken zu zuschauen. Manchmal sahen wir uns auch gemeinsam alte Fotos an oder sie erzählte mir von früher. An einer anderen Stelle des Gartens stand eine alte Holzbank. Sie war schon ziemlich verwittert und Oma schimpfte immer, weil Opa sie immer noch nicht gestrichen hatte. Direkt neben der Bank war ein **Kräuterbeet** angelegt, mit allen Kräutern, die man sich nur vorstellen konnte. Oft hielt mir Oma einen Stängel unter die Nase, um zu prüfen, ob ich das Kraut kannte. Den kräftigen Duft von **Bohnenkraut, Thymian und Pfefferminze** mochte ich am liebsten.

Oma lebte sehr gesund und schimpfte mit Opa, wenn dieser wieder einmal heimlich an seiner **Zigarre** zog. Mir wurde auch immer schlecht von diesem **holzigen Geruch** und ich suchte schnell das Weite.

Im Sommer machten meine Großeltern immer **Heu,** wegen der Kaninchen. Opa zog dann mit der Sense los und mähte das Gras auf der Wiese. Nun hieß es Daumen drücken, damit es die kommenden Tage nicht regnete. Das Gras wurde täglich gewendet und konnte so gut trocknen.

Dieses frische Heu, roch für mich immer nach Sommer.

Aber auch der Winter bei Oma und Opa war immer ein Erlebnis für mich. Ich kam meistens an mit Husten und Schnupfen. Oma holte dann abends die Erkältungssalbe **„Pulmotin"** aus dem Schubfach und rieb mir Brust und Rücken damit ein. Diese **ätherischen Öle rochen sehr angenehm nach Eukalyptus** und wirkten befreiend auf Nase und Rachen. Im Winter war bei meinen Großeltern immer Schlachtezeit.

Sie kauften sich ein Schwein, dass sie dann vom Fleischer schlachten ließen. Das war immer mit sehr viel Arbeit verbunden und alle mussten mit anpacken. Mein Vater hatte extra Urlaub dafür genommen und auch meine Mutter half mit. Ich hatte mich dann immer verkrümelt, denn das arme Schwein tat mir leid.

Als ich aber dann kurz vor Weihnachten bei meinen Großeltern in der Speisekammer schnüffelte, lief mir das Wasser im Munde zusammen. **Die Schinken, Brat- und Leberwürste rochen so intensiv und verführerisch**, dass bald alle Skrupel vergessen waren und ich mir ein großes Stück Schinken abschnitt. Auf dem Grundstück

hatte Oma einige Tannenbäumchen angepflanzt und jedes Jahr wurde der Schönste ausgesucht, der dann der Christbaum sein durfte.

Wunderschön, mit Glöckchen, Kugeln, viel Lametta und echten Kerzen war er dann der Star in der weihnachtlichen Stube.

Dazu roch es intensiv nach Tanne, Räuchermännchen und Spekulatius.

Doch an eine Sache, erinnere ich mich nicht gern zurück. Etwas, dass die meisten von Ihnen wohl auch kennen. Zur damaligen Zeit, hatten wohl die wenigsten Leute eine Toilette mit Wasserspülung. Dafür gab es das so ge-

74

nannte **Plumpsklo.** Meist befand es sich in einem kleinen separaten Häuschen, oder so wie bei meinen Großeltern, im Schuppen. Es war meist aus Holz und hatte einen Deckel. Schlecht war es vor allem im Winter, wenn man dann nachts mal dringend musste. **Es roch auch nicht gut**, aber zum Glück war man ja schnell wieder raus, meistens jedenfalls.

Aber warum erzähle ich Ihnen das?

Es gehörte einfach mit zu meinen Erinnerungen und passte gut zu meiner Duftgeschichte.

1. **Welche Düfte kommen in der Geschichte vor?**
2. **Welche Nutztiere hatten die Großeltern?**
3. **Welche Kräuter mochte die Erzählerin am liebsten?**

Auf zum Grillfest

Heute wird gegrillt im Garten,
warum denn noch länger **warten**?
Die Steaks wurden schon mariniert
und warten, dass man sie **probiert**.

Bratwürste vom Fleischer Schlemmer
werden sicher heut der **Renner**.
Dazu Gemüse und auch Fisch,
kommen gleich auf unseren **Tisch**.

Kartoffelsalat der besten Sorte,
beim Essen fehlen dir die **Worte**.
Einfach himmlisch, einfach gut.
So gut kann das nur die **Ruth**.

Peter steht heut an der Bar.
Man muss auch trinken, dass ist **klar**.
Und zu einem schönen Feste,
ganz bestimmt auch nur das **Beste**.

Ein Schnaps, ein Sekt, ein Bier, ein Wein?
Ach, schenkt mir einfach alles **ein**.
Heut ist ein wunderschöner Tag,
weil Freunde da sind, die ich **mag**.

Und am nächsten Tage,
stell ich mir die **Frage**.
Musste das denn wieder sein?
Und ich sage: „**Nein.**"

1. Was gibt es zum Grillfest zu essen?
2. Wer macht den besten Kartoffelsalat?
3. Was trinke ich an der Bar?

Ein Bummel auf dem Rummel

Die Großfamilie Peter Hummel
geht heut zusammen auf den **Rummel.**
Fünf Kinder und ein Hund,
da geht es sicher **rund**.

Mutter trägt ihr neues Kleid,
Vater ist nun auch **soweit.**

Die Kinder warten ja schon lange,
stehen da in einer **Schlange.**

Auf dem Rummel angekommen,
sind die Eltern ganz **benommen**.
Sehen die Preise, ach du Schreck.
Und die Kinder? Die sind **weg.**

Zuerst sehen sie Isabell,
die steht am **Kettenkarussell.**
Und die kleine Trude,
die kauft Lose an der **Bude.**

Und ganz da hinten, da steht Horst
mit einer **Riesenrostbratwurst.**
Er hat sein Hemd mit Senf bekleckert
und wird von Mutter **an gemeckert.**

Doch wo ist denn nur die Babett?
Ganz bleich, sie sah grad ein **Skelett!**
In der Geisterbahn, ganz nah
und niemand war zum Helfen **da!**

Ihre Schwester, die Annett
liebt das **Spiegelkabinett.**
Mal Lang und dürr, mal dick und klein,
doch selbst will man doch so nicht **sein.**

Drum geht sie raus, zur Trude hin
und die zog grad den **Hauptgewinn.**
Ein Riesenbär, der Gong erklingt
und Trude ist sofort **umringt.**

Die Eltern eilen auch herbei
und die Geschwister, alle **drei.**
Nur Einer fehlt, der kleine Horst.
Der isst grad wieder **Rostbratwurst.**

Die Eltern trinken noch ein Bier, die Kinder
eine Brause
doch dann geht es nach **Hause.**
Voraus die Eltern mit Hund und Bär
und die Kinder **hinterher.**

1. Wie viele Kinder hat Familie Hummel?
2. Welches Haustier gehört ebenfalls zur Familie?
3. Wer isst gerne Rostbratwurst?

Ein Regentag

Wiedermal ein Regentag,
wie ihn Brigitte gar nicht **mag.**
Sie sitzt deshalb am Fenster heute
und beobachtet die **Leute.**

Von nebenan der dicke Mann,
hat einen neuen Anzug **an.**
Der Dicke heißt Herr Otto
und gewann kürzlich im **Lotto.**

Und seine Frau die Claudi,
fährt seitdem einen **Audi.**
Die Sitze in Leder, ein dunkles Braun,
dass war schon immer ihr großer **Traum.**

Ganz anders ist es bei Herrn Gruß,
er hinkt seit Tagen, hat was am **Fuß.**
Er trinkt manchmal einen zu viel.
Da war wohl Alkohol im **Spiel.**

Ein fremdes Auto hält vorm Haus,
wer ist denn das, wer steigt da **aus?**
Die sieht doch aus wie Monika!
Wer weiß, wo die heut Nacht wohl **war?**

Von gegenüber der Herr Grund
geht grad Gassi mit dem **Hund.**
Der Regen macht da gar nichts aus,
die Hauptsache, der Hund kommt **raus.**

Oben, direkt unterm Dach,
wohnen Zwei, da gibt´s oft **Krach.**
Manchmal fliegen da die Tassen,
dass ist wirklich kaum zu **fassen**.

Und drüben sitzt der kleine Jens,
der immer mal die Schule **schwänzt.**
Die Mutter gab ihm noch ´nen Kuss,
doch Sohnemann ging nicht zum **Bus.**

Und was ist mit Brigitte?
Die beißt erst mal in die **Schnitte.**
Dazu gibt es Kaffee mit Milch und ein Ei,
vielleicht ist der Regen dann endlich **vorbei?**

1. Warum sitzt Brigitte heute am Fenster?
2. Wer hat im Lotto gewonnen?
3. Wer trinkt gern mal ein Gläschen zu viel?

Friseurtag

Friseurtag ist heut bei Ruth Schnelle,
sie braucht `ne neue **Dauerwelle.**
Die glatten Haare stehen ihr nicht,
die fallen so strähnig ins **Gesicht.**

Und auch Farbe das ist klar,
man sieht ja schon das graue **Haar.**
Und etwas kürzer wär nicht schlecht,
dann sieht sie aus, wie Fräulein **Specht.**

Fräulein Specht von nebenan,
von der schwärmt schließlich auch ihr **Mann**.
Blond gelockt, mit wilder Mähne
und vielleicht ´ne rote **Strähne**?

Dann geht sie hin zu Meister Klett
und erzählt, wie sie´s gern **hätt**.
Und der schneidet, färbt und dreht
Schon sieben, wie die Zeit **vergeht**!

Am Schluss der Meister abkassiert,
vom Preis ist Ruth etwas **schockiert**.
Ein Hunderter ist weg im Nu,
ein Trinkgeld gibt´s da nicht **dazu**.

Dann kommt sie heim, Heinz ist schon da.
Er fragt auch gleich, wo sie denn **war**.
„Ja, siehst du meine Locken nicht?"
Heinz verzieht gleich das **Gesicht**.

Ich seh jetzt aus wie Fräulein Specht,
doch du freust dich gar nicht **recht**.
Heinz sagt: „Meine liebe Ruth,
am liebsten bist du mir mit **Dutt**!"

1. Hatten Sie jemals eine Dauerwelle?
2. Haben Sie ihr Haar jemals gefärbt?
3. Wie viel haben Sie früher für eine Dauerwelle bezahlt?

In der Stadt

Blauer Himmel, Sonnenschein
das Wetter lädt zum Bummeln **ein.**
Das dachten sich auch die drei Damen,
Sibylle, Ida und die **Carmen.**

Neue Tasche neues Kleid,
wär´n doch die Hüften nicht so **breit**
doch kann man da an dieser Stelle
auch nichts ändern auf die **Schnelle.**

Punkt um neune geht es los,
Mensch, wo bleibt Sibylle **bloß?**
Der Bus fährt pünktlich, dass ist bekannt.
Da hinten kommt sie **angerannt.**

Im Bus wird erst einmal besprochen,
was es so Neues gibt seit **Wochen.**
Ganz gut Bescheid weiß da Sibylle,
mit ihrer neuen **Sonnenbrille.**

Endlich sind sie angekommen,
stehen da etwas **benommen.**
Denn die Sonne brennt schon heiß,
das Beste wär erst mal ein **Eis.**

Dann müssen sie noch ein Stück laufen,
denn sie wollen noch Schuhe **kaufen.**
Und außerdem noch sehr viel mehr,
denn der Kleiderschrank ist **leer.**

So ziehen sie los, sind ganz verzückt.
Und kaufen und kaufen….., das ist **verrückt.**
Die Tüten sind schwer, das Portemonnaie
leicht.
Nun hoffen sie, dass das Busgeld noch **reicht.**

Sie haben sich wohl etwas übernommen,
doch dafür auch allerhand **bekommen.**

Nun geht es nach Hause, der Bus steht schon da.
Die Drei schwärmen, es war **wunderbar.**

1. **Wie heißen die Damen, die sich zum Stadtbummel treffen?**
2. **Wer verpasst beinahe den Bus?**
3. **Was machen die Damen zuerst, als sie im Bus sitzen?**

Sommerfreuden

Hildegard geht heute baden,
schämt sich nicht, trotz strammer **Waden.**
Selbstbewusst und voller Mut,
trägt sie den neuen **Sonnenhut.**

Ihre Freundin Heiderose
holt noch die **Bikinihose**.
Und dann geht es an den Strand,
in den heißen, feinen **Sand.**

Sonnencreme die tut Not,
denn die Damen sind schon **rot**.
Rücken, Beine, Arme, Bauch,
das Gesicht natürlich **auch**.

Dann hinein ins kühle Nass!
Die beiden haben großen **Spaß**.
Sie lachen, schwimmen um die Wette.
Hildegard verliert die **Kette**.

Heidi taucht noch einmal unter,
doch da unten liegt nur **Plunder**.
Also taucht sie wieder auf,
Hildegard ist nicht gut **drauf**.

Den Ärger ins Gesicht geschrieben,
bleibt sie nun im Schatten **liegen**.
Zieht ein grimmiges Gesicht,
doch das alles hilft ihr **nicht**.

Um den Vorfall zu vergessen,
gehen die beiden etwas **essen**.
Sie gönnen sich ein großes Eis,
denn der Tag am Strand ist **heiß**.

1. Wie heißen die beiden Freundinnen?
2. Welche der beiden hat stramme Waden?
3. Was verliert Hildegard beim Baden?

Wintergeschichten

Kalte Winternächte

Es war kurz vor dem ersten Advent, als ich meine Tochter und deren Familie in ihrer neuen Wohnung besuchte. Wir hatten schon ein Weilchen nichts mehr voneinander gehört und so nutzte ich meinen Sonntagsspaziergang, für einen kleinen Abstecher. Vor allem wollte ich meinen Enkel mal wieder sehen.
Der Vierjährige war gerade dabei, mit seiner Mama die Wohnung schön weihnachtlich zu dekorieren. Es roch nach gebackenen Plätzchen und meine Tochter meinte: „Na, da kommst du ja gerade richtig zum Kaffee."

Doch zuerst schaute ich mich in der Wohnung um. „Schön habt ihr euch eingerichtet", lobte ich .

Meine Tochter Gabi und mein Schwiegersohn hatten alles daran gesetzt, dieses Weihnachten in der neuen Wohnung zu verbringen.

Hier hatte der kleine Tim nun endlich sein eigenes Zimmer.

Stolz zeigte er mir sein neues Piratenbett, dass der Weihnachtsmann ausnahmsweise schon mal früher vorbei gebracht hatte.

Nach dem Kaffeetrinken, sollten nun aber noch die Fensterscheiben beklebt werden. Richtig schön weihnachtlich sollte es aussehen.

Ja, so richtig Stimmung auf das bevorstehende Fest kam natürlich bei Temperaturen um die 15 Grad nicht auf.

Mein kleiner Enkel kannte gar keinen Schnee. Dabei stand seit Jahren der alte Holzschlitten mit dem Messingglöckchen in meinem Schuppen, auf dem ich schon als Kind gesessen hatte.

„Tim, hole mal bitte die Aufkleber", rief meine Tochter ihrem Sohn zu.

Und dieser war mit großem Eifer dabei.

„Was habt ihr denn hier gekauft?", fragte ich.

„Das ist Eisblumenspray", antwortete meine

Tochter verwundert. „Gefällt dir das nicht?"

Ein wenig in Gedanken sagte ich: „Doch, doch....."

Früher hatten wir zur Weihnachtszeit solche Blumen jede Nacht und jeden Morgen an den Fensterscheiben. Es waren echte Eiskristalle und jede für sich ein Unikat.

Die Winternächte waren damals viel kälter als heute und die Fenster nur einfach verglast. Die meisten Leute hatten nur Ofenheizung und nachts waren die Räume dadurch ausgekühlt. So kam es, dass früh am Morgen wunderschöne Eisblumen die Fensterscheiben entlang rankten.

Dadurch war die Sicht nach außen verwehrt. Wollte man doch mal einen Blick aus dem Fenster werfen, half der warme Atem. Ein paar mal kurz an die Fensterscheibe gehaucht und schon konnte man wieder nach draußen sehen, Stück für Stück. Zuerst kam der Kopf von meinem Schneemann zum Vorschein, mit dem alten Kochtopf als Hut, der Mohrrübe als Nase und den frechen Kohleaugen. Nach einer Weile konnte ich dann meinen ganzen Schneemann bewundern. Denn die Eisblumen hatten sich aufgelöst und ich hatte wieder klare Sicht. Ja, ein Schneemann stand jedes Jahr in unserem Garten, und das oft über einen längeren Zeitraum.

Während ich so in Gedanken war, hatte meine Tochter fast alle Bildchen an den Fenstern an gebracht und auch das Eisblumenspray zauberte ein wenig Weihnachtsfeeling in den Raum.

Eine Woche später, war doch tatsächlich der Winter herein gebrochen. Und ich erinnerte mich an meinen letzten Besuch bei meiner Tochter und an unser Gespräch.

Jetzt war endlich die Gelegenheit für eine Schlittenfahrt mit meinem Enkel gekommen. Samstag morgen holte ich den alten Schlitten mit dem Messingglöckchen aus dem Schuppen. Er wurde einige Jahre nicht benutzt und deshalb säuberte ich ihn zunächst gründlich, vor allem das Glöckchen brachte ich auf Hochglanz. Jetzt nahm ich noch eine alte Kerze zur Hand und strich über die Kufen, um den Schlitten richtig flott zu kriegen.

Strahlende Kinderaugen empfingen mich. Dick eingepackt mit Pudelmütze und Handschuhen, ging es zum Rodelberg. Unterwegs erzählte mir der Kleine: „Oma, wir hatten gestern früh echte Eisblumen an der Autoscheibe, Mama hat geschimpft und hat alle weggekratzt." Ich schmunzelte ein wenig.

Dann hatten wir den Rodelberg erreicht. Wir rodelten zuerst einen kleinen Hang hinunter.
Dann trauten wir uns auch auf den größeren. Mein Enkel jauchzte vor Vergnügen und wollte gar nicht nach Hause. Doch bald schon war es Mittagszeit und Tim war völlig geschafft.
Wir traten den Heimweg an, während es schon wieder begonnen hatte zu schneien.
Endlich mal wieder ein richtiger Winter dachte ich mir und freute mich für die Kinder, die sich überglücklich im Schnee tummelten.

1. **Warum gibt es heute keine Eisblumen mehr an den Fenstern?**
2. **Welche Besonderheit hatte der alte Schlitten?**
3. **Was berichtete der kleine Tim seiner Oma auf dem Weg zum Rodelberg?**

Die Sache mit dem Nikolaus

Ich denke sehr gern an meine Kindheit zurück.
Früher war alles so unbeschwert und einfach.
Und dennoch, machte ich mir auch damals
schon so meine Gedanken.
Da war zum Beispiel die Sache mit dem Nikolaus.
Der 6. Dezember war immer etwas ganz Besonderes. Damit wurde für mich die Vorweih-
nachtszeit eingeläutet. Ich lag schon Nächte
vorher schlaflos in meinem Bett und überlegte,
welche Süßigkeiten ich wohl in diesem Jahr in
meinen blitze blank geputzten Stiefeln vorfin-
den würde. Vielleicht waren ja auch die rosafarbenen Haarspangen dabei, die ich mir schon
so lange gewünscht hatte. Es waren ja nur kleine Geschenke, aber ich konnte die Zeit kaum
abwarten.
Was mich aber noch mehr interessierte, ich
hätte den Nikolaus doch zu gern einmal gesehen.
Der Weihnachtsmann klopfte bei uns am Heili-
gen Abend an die Tür. Er war ein grimmiger
alter Mann, der manchmal auch ein bisschen
mit seiner Rute herum fuchtelte, aber am Ende
erfüllte er mir meist all meine Wünsche, nachdem ich brav meinen Spruch aufgesagt hatte-

Der Nikolaus aber, kam stets wenn ich schlief.
Zu gerne hätte ich gewusst wie er aussieht.
Deshalb wollte ich in der Nacht zu diesem 6.
Dezember unbedingt wach bleiben und den
Nikolaus beobachten, wenn er meine Stiefel
füllt.
Es war recht stürmisch draußen und es schneite schon seit Tagen.
Ich lag in meinem warmen Federbett und ab und zu hörte ich einen Ast vom Baum knacksen.
Würde der Nikolaus bei diesem Wetter überhaupt hier her finden?
Plötzlich ein Poltern draußen im Flur. Ich schwang mich aus dem Bett und schlich auf Zehenspitzen zur Korridortür, da wo meine Stiefeln standen. Dort schaute ich durchs Schlüsselloch.
Peter, unser schwarzer Kater saß im Fenster und hatte wohl auch nach dem Nikolaus Ausschau gehalten, dabei war Mutters Blumentopf herunter gefallen.
Ich kehrte alles zusammen und schlüpfte wieder ins Bett. Eine Weile hörte ich noch das Heulen des Windes und mit dieser Melodie muss ich wohl eingeschlafen sein. Am frühen Morgen weckte mich meine Mutter. Sofort

rannte ich zu meinen Stiefeln und tatsächlich, sie waren gefüllt.

Pfefferkuchen, Nüsse, eine Mandarine, Kekse, eine kleine Kette, Marzipan und Nougat und sogar die rosafarbenen Haarspangen, die ich mir so gewünscht hatte.

Eigentlich ist es doch das Schönste am Kind sein - der Glaube an das Gute, oder ?

1. **Warum wollte die Erzählerin in der Nacht zum 6. Dezember nicht schlafen?**
2. **Wie war das Wetter in dieser Nacht?**
3. **Was wünschte sich die Erzählerin besonders vom Nikolaus?**

Die Autorin

Iris Kaufmann arbeitet seit elf Jahren in einem Seniorenheim. Ihre Kurzgeschichten sind mittlerweile auf allen Etagen der Einrichtung bekannt und beliebt. Die Bewohner hören aufmerksam zu, um die im Anschluss gestellten Fragen beantworten zu können. Einige Geschichten animieren auch dazu, selbst aktiv werden, beispielsweise beim Reimen oder bei der Bewegungsgeschichte. Das Gute dabei ist, der Humor kommt nicht zu kurz und es gibt meist ein Happy End.